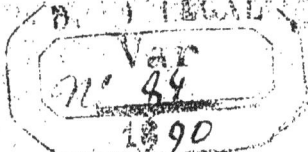
1806—1873

LE MYOSOTIS

RECUEIL DES PRINCIPALES POÉSIES

DE

Mᵐᵉ SAINT-ALBAN BAYAN

RELIGIEUSE

De la Congrégation du Saint-Enfant-Jésus
dite de Saint-Maur.

TOULON

IMPRIMERIE A. ISNÁRD ET Cⁱᵉ

—

1890

LE MYOSOTIS

1806–1873

LE MYOSOTIS

RECUEIL DES PRINCIPALES POÉSIES

DE

Mᴹᴱ SAINT-ALBAN BAYAN

RELIGIEUSE

De la Congrégation du Saint-Enfant-Jésus
dite de Saint-Maur.

TOULON

IMPRIMERIE A. ISNARD ET Cⁱᵉ

—

1890

PRÉFACE

Le poète latin l'a dit avec raison : « Les livres, ainsi que toutes choses, ont leurs destinées. »

Les pages de ce recueil, publiées aujourd'hui sous le titre modeste de « Myosotis », sont restées longtemps en portefeuille et ne paraissaient pas destinées à la publicité; car la famille de l'auteur, dépositaire de ce précieux manuscrit, se réservait de garder pour elle, avec un soin jaloux, les poésies variées de Madame Saint-Alban Bayan, connues seulement de la Congrégation des Dames de Saint-Maur et d'un petit nombre d'amis.

Un jour pourtant, la piété fraternelle et filiale
parla plus haut qu'une réserve dictée, en somme,
par la délicatesse. Et il fut décidé que les meil-
leures poésies de Madame Saint-Alban seraient
publiées ; mais cette publicité ne devait pas
s'étendre au delà de sa famille, de ses sœurs en
religion et d'un cercle restreint d'amis, heureux
de pouvoir, une fois encore, applaudir au talent
du poète et vénérer les vertus de la religieuse.

Il eût été, en effet, regrettable, à notre avis,
de vouer à l'oubli des pièces de vers qui, bien
qu'écrites le plus souvent au courant de la plume,
selon les circonstances ou l'inspiration délicate
de l'âme du poète, sont néanmoins marquées
au coin d'un talent souple et gracieux.

Les sentiments élevés et purs, qui remplissent
les vers de Madame Saint-Alban, consolent des
impiétés et des médiocrités littéraires de l'heure
présente. D'autre part, la variété et la richesse du
fond, l'étonnante facilité de la forme, l'heureuse
alliance enfin de la note religieuse et d'une spiri-
tuelle gaieté prouvent, une fois de plus, que la
foi n'est pas l'ennemie du talent, et assurent au

poète les suffrages des connaisseurs ; car son
« Myosotis » est en parfaite harmonie avec le
précepte de Boileau :

> Heureux qui, dans ses vers, sait, d'une voix légère,
> Passer du grave au doux, du plaisant au sévère.

Et maintenant que j'ai terminé ma tâche d'ami
de l'honorable famille Bayan et de la Congrégation des Dames de Saint-Maur, à qui je dois
d'avoir eu pour mère une chrétienne accomplie,
il ne me reste plus qu'à souhaiter au « Myosotis »
d'heureuses et utiles destinées.

A. BIZOT,

S. M.

Toulon, 8 décembre 1889,
En la fête de l'Immaculée-Conception de la
bienheureuse Vierge Marie.

MARIE !

—

Marie ! Eh ! quel sujet plus noble, plus touchant
Peut sourire au poète, à son âme attendrie ?
C'est évoquer le ciel que parler de Marie :
Son nom harmonieux, à lui seul, est un chant ;
Il nous est un parfum suave, une allégresse,
A l'aube, et lorsqu'au loin rayonne le soleil ;
C'est encor lui, le soir, à l'heure du sommeil,
Qui réjouit notre âme et bannit la tristesse.
Quand la foi nous assemble à l'ombre des autels,

Demandez à la veuve, à l'enfant, à l'esclave,

Si ce nom virginal n'est pas le plus suave

Que Gabriel ait pu révéler aux mortels.

Donc, *Ave Maria !* C'est la sainte espérance

Qui rend aux éprouvés la paix et le sommeil,

Quand leur cœur est meurtri par l'amère souffrance.

Ave ! c'est le rayon de l'éternel Soleil,

Dans l'ombre douloureuse où notre âme qui ploie

Tôt ou tard céderait à l'ennui qui la broie ;

Ave ! c'est la douceur succédant au fiel,

C'est le suprême cri du mourant vers le ciel.

(Imité de Turquety.)

FIAT VOLUNTAS TUA !

PREMIÈRE MÉDITATION POÉTIQUE

———

Oui, je l'ai dit, j'accepte le calice ;
Je le boirai ; mais soutiens-moi la main,
O doux Jésus, toi qui sus du supplice
Braver la vue avec un front serein.

Qu'est-ce, ô mon Dieu, que la part de souffrance
Qui m'est échue en ce lieu de douleur ?
De tes tourments n'ai-je plus souvenance,
Pour m'attrister des soucis de mon cœur ?

T'aimé-je donc, lorsque mon pied chancelle
Dans le sentier qu'a sillonné ta croix ?

Quand, de ton front, une épine cruelle
Vient seulement m'effleurer quelquefois ?

Combien de fois, songeant à ton martyre,
T'ai-je promis un invincible amour,
Et sur mon cœur mis le faisceau de myrrhe
Qu'à tes amis tu donnes en retour ?

Et quand ma lèvre en a bu l'amertume,
Triste et sans force, on me voit dépérir.
O doux Jésus, l'angoisse te consume,
Et sur ta croix je ne saurais souffrir !

— Viens, me dis-tu, viens, c'est ici l'asile
Du cœur souffrant que le monde a honni ;
Pour le calmer, ici toujours distille
Sur toute plaie un arome infini.

Ici toujours une source limpide
Où vient puiser le voyageur lassé ;
Un abri sûr contre le trait perfide
Que cherche à fuir l'oiseau déjà blessé. —

Oui, j'irai boire à cette eau salutaire
Qui coule à flots pour le cerf altéré;
J'irai gémir dans ce nid solitaire
Où la colombe a vers toi soupiré.

Et possédant le ciel en espérance,
Rien d'ici-bas n'aura mon amitié,
Et ses dédains, comme sa confiance,
N'auront de moi qu'un regard de pitié.

ELLE N'EST PLUS !

ÉLÉGIE SUR LA MORT D'UNE AMIE

Elle a volé vers sa douce patrie
Et son front pur aux doux rayons des cieux
S'est éclairé de ce reflet de vie
Qui resplendit au séjour bienheureux.

La terre, hélas ! était vide pour elle,
Dieu l'appelait, elle a dit : « Me voici ! »
Elle a trouvé l'auréole immortelle
Pour la douleur qui l'étreignait ici.

— Jouis, jouis, ô ma douce compagne ;
C'est bien assez de souffrance ici-bas ;

Jouis en paix, mon amour t'accompagne ;
Puissent bientôt t'accompagner mes pas !

Je me vois seule, hélas ! sur le rivage ;
Tu n'es plus là, nul ne sent ma douleur ;
Ton amitié me donnait du courage,
Et maintenant je n'ai foi qu'au malheur.

Ce mot cruel te déplaît, douce amie,
Toi dont le cœur avait tant de vertu,
Toi dont le front aux douleurs de la vie
Ne sut jamais se montrer abattu.

Telle est ma part dans l'humaine faiblesse,
Que sans appui je ne puis m'élever ;
Privé du tronc le lierre ainsi s'affaisse
Loin du rameau qui l'eût dû soulever.

Et loin de toi mon cœur n'a plus de vie :
La croix, hélas ! remplace le Thabor ;
Il cherche en vain, il n'a plus de patrie ;
Vers d'autres lieux mon âme prend l'essor.

Non, tu n'es plus ! Quand la sombre tristesse
De son étreinte aura froissé mon cœur,
Je n'aurai plus de ta douce sagesse
Les saints conseils, baume consolateur.

Dans la douleur, dans le pénible doute,
J'appellerai ; tu ne m'entendras pas;
Et, sans flambeau, je poursuivrai ma route,
Sachant à peine où reposer mes pas.

Oh ! des splendeurs où ton être s'abîme
Dans un repos qu'on ignore ici-bas,
Mêlant ta voix au cantique sublime,
Bénis ta sœur qui ne t'oubliera pas.

J'espère un jour avoir part à ta gloire,
Mais avant tout, daigne prier pour moi;
De ton amie, oh ! garde la mémoire
Et soutiens-la quand faiblira sa foi.

LA MARGUERITE

RÊVERIE

———

Oн! dis-moi, ma douce petite,
Ma blanche fleur au disque d'or,
Parle-moi de ma Marguerite;
Viens, que je t'interroge encor.

Comme toi, ton nom me l'assure,
Elle fut douce et sans dédain ;
Son cœur fut d'or, sa robe pure,
Son aspect simple et non mondain.

Ta tige flexible, effilée,
A crû dans l'ombre, à l'air des champs ;

Et dans la paix de la vallée
S'est écoulé ton doux printemps.

Comme toi, sous une ombre pure,
Elle abrite son front pieux ;
Elle écouta seul le murmure
D'une brise venant des cieux.

Tu n'envias à tes compagnes
Ni leurs parfums ni leur éclat,
Tu fus bonne aux fleurs des montagnes
Comme aux fleurs d'un humble climat.

Et telle fut ma Marguerite :
Bonne même aux cruelles fleurs !
Elle sut demeurer petite
Devant d'enivrantes splendeurs.

Et si parfois un vent de bise
Contracta son tissu soyeux,
Que de fois on la vit soumise
Devant même un cèdre orgueilleux !

Oh ! dis-moi donc, douce petite,
Dis-moi ce qui tient à mon cœur,
Dis-moi bien si ma Marguerite
Boit à la source du bonheur.

Viens, que j'effleure ta couronne ;
Je t'en prie, oh ! ne dis pas non.
Mais quoi ! te briser, ma mignonne,
Te briser ! tu portes son nom !

Vis sur ta tige gracieuse.
Oui, je le sens, sous d'autres cieux,
Elle aussi vit, fleur radieuse,
Au sol même des bienheureux !

L'AUTEL ET LE CALVAIRE

DEUXIÈME MÉDITATION POÉTIQUE

——

Il fut prédit qu'on offrirait, un jour,
Sur ton autel, du couchant à l'aurore,
Une victime et de paix et d'amour,
Le ciel l'annonce et l'univers adore.

Agneau divin, ton sang coule pour nous,
En ruisseaux purs, il sillonne le monde ;
Pontife saint, tu veux nous sauver tous
Et ton amour de grâce nous inonde.

Près de l'autel s'éclairent, à mes yeux,
Quatre mille ans de pages prophétiques.
Le monde ancien se déroule et je peux
Du roi prophète entonner les cantiques.

Je vois, mon Dieu, s'élancer de la croix,
En jets divins, une source abondante ;
Jusqu'à ton trône elle monte et je crois
Déjà sentir sa vertu bienfaisante.

Et de la croix je la vois refluer,
Portant la grâce aux premiers jours du monde,
Et jusqu'à nous sur les élus couler,
Versant partout une vertu féconde.

O du Calvaire aimable souvenir,
Que dis-je, hélas ! perpétuel calvaire,
Où, chaque jour, je vois Jésus venir
Et s'immoler pour nous tous à son Père !

Dieu, que de grâce aux pieds de cet autel !
Que de vertu, quelle force suprême !

Puis-je me plaindre, en ce séjour mortel,
Quand, près de moi, je trouve le ciel même ?

Tout me saisit : ces clartés, cet encens,
Ces fronts courbés, ce respect, ce silence,
La douce flamme qu'en nos cœurs tu répands.
O doux Jésus, que j'aime ta présence !

Elle est pour moi lumière, protection,
Doux aliment, allégresse céleste,
Un gage enfin de résurrection :
A tous mes sens un Dieu se manifeste.

Ah ! tous les jours, d'un pain substantiel
Je puis ici rassasier mon âme,
Jouir en paix des délices du ciel,
Du feu divin entretenir la flamme.

Et cependant une triste langueur
Me voit souvent froide en ton sanctuaire.
Quoi ! tant d'amour ne peut-il de mon cœur
Faire surgir les flots de la prière ?

Que désormais, aux pieds des saints autels,

J'aille incliner mon âme désolée ;

Et puissé-je, durant les siècles immortels,

Ne pas être, Seigneur, de ta vue exilée !

A MA MÈRE !

ÉLÉGIE

—

Une voix douce et solitaire
Me charme et m'agite à la fois :
Elle me parle de ma mère.
— Oh ! parle, parle, douce voix.
Mais que me dis-tu ? Qu'elle est bonne,
Bonne, douce pour son enfant ;
Que d'amour elle l'environne
Et de tout malheur la défend.

Oh ! je le savais, voix chérie :
Mais j'aime ton accent si doux.
Es-tu son ange ou son génie ?
Faut-il t'écouter à genoux ?

Parle-moi; ta douce parole
Fait du bien à mon jeune cœur;
Dans l'absence elle le console,
L'absence est un si grand malheur !

Que me dis-tu donc de ma mère ?
Qu'elle est heureuse, n'est-ce pas ?
Que longtemps, longtemps sur la terre
Elle pourra guider mes pas.
Qu'à sa fille un jour réunie,
Et dans un échange d'amour,
Paisible coulera sa vie,
Ainsi que s'écoule un beau jour.

O voix douce et mystérieuse,
Merci, car tu m'as fait du bien ;
Reviens, si tu me vois rêveuse,
Réchauffer mon cœur près du tien.
Viens aussi me parler d'un père
Que j'aime et qui doit être heureux :
Mais va, de ton aile légère,
Va leur dire tout bas mes vœux.

CE QUE J'AIME

TROISIÈME MÉDITATION POÉTIQUE

———

J'aime Jérusalem, la croix et le Calvaire,
J'aime du Golgotha les sublimes douleurs
Et cette voix d'amour qui s'écrie : « O mon Père,
Grâce à mes ennemis, grâce à tous les pécheurs ! »

J'aime des saints autels les pieux tabernacles,
Des parvis du Seigneur l'écho mystérieux
Et la chaire où de Dieu descendent les oracles,
L'ombre enfin, le silence et la paix des saints lieux.

Du prêtre du Seigneur j'aime le front sublime,
Le bien qu'il fait à tous au nom de Jésus-Christ,

Sa parole modeste et son cœur magnanime
Et la voix qui pardonne au cœur humble et contrit.

J'aime des livres saints les prophétiques pages
Et ce livre divin, que je lis chaque jour,
Où l'Homme-Dieu décrit en sublimes images
Et la miséricorde, et la vie, et l'amour.

J'aime, oh ! j'aime des saints les touchantes histoires :
Abraham recevant les anges du Seigneur,
Moïse aux bords du Nil ou le front plein de gloire,
Et l'enfant Samuel à Dieu vouant son cœur.

Et puis cette autre enfant, jeune aussi dans le temple,
Qu'un ange saluera mère de l'Éternel,
Mystérieuse fleur que tout le ciel contemple,
Croissant suave et pure à l'ombre de l'autel.

Oh ! qui dira jamais ce que mon cœur révère !
C'est tout ce qu'ont aimé les bénis du Seigneur :
L'espérance, la foi, l'amour et la prière,
Tout ce qui grandit l'âme et retrempe le cœur.

Tu le sais, ô mon Dieu, sur les traces du sage
Mon pied tout jeune encor cherche à marquer ses pas,
Mon œil aime à trouver ton aimable visage,
Mon cœur à reposer doucement dans tes bras.

Aussi, lorsque j'aurai longtemps sur cette terre
Moissonné la douleur en marchant vers le ciel,
Quand luira sur ma vie une aurore dernière,
Daigne me recevoir dans ton cœur paternel.

SOUVENIR

D'UNE PROMENADE D'AUTOMNE

A LOUHANS

—

Octobre 1860.

Où donc te retrouver, délicieux automne,
Que j'ai vu en des jours, hélas! qui ne sont plus,
Que je garde, en mon cœur, comme des biens perdus:
Où retrouver ailleurs ce qui nous abandonne?

Souvenirs du passé, poétique bonheur,
Amour d'un cœur épris pour la belle nature,
De quels pieux transports, de quelle ivresse pure,
O suprême beauté, vous remplissez mon cœur!

Quel pinceau peut m'aider à retracer vos charmes,
Beaux sites que j'aimais, sites pleins de douceur?
La paix que savourait mon âme en son bonheur,
M'a fait plus d'une fois verser de douces larmes.

Suaves pleurs d'amour pour le Dieu qui m'a fait,
Et qui me laisse voir, dans sa bonté de père,
Le ravissant tableau d'un point de cette terre,
Site charmant, aimé, d'un ensemble parfait.

Assise au pied d'un arbre, au bord d'une lisière
Qu'ombragent le mélèze et le chêne touffus,
J'écoute mollement les murmures confus
Se mêlant, dans les bois, au jeu de la lumière.

Derrière, ou de côté, des arbres, des forêts;
Sous mon pied, la pelouse ou d'agrestes bruyères;
Devant moi, des moissons sur des pentes légères;
Au bas, dans le vallon, des prés et des guérets.

Puis, c'est le vert coteau, riant amphithéâtre,
Sous mes yeux déroulant ses contours arrondis,

Alors qu'à l'horizon, bien loin, en traits hardis,
Sur l'azur se dessine une cime bleuâtre.

Je suis toujours assise au pied de mon tilleul.
Trois sons viennent vibrants du plus prochain village;
Le soleil resplendit, le ciel est sans nuage;
Tout devient joie au cœur heureux de rêver seul.

Puis, au soleil couchant tout s'unit, se marie :
L'arbre aux rameaux tremblants, l'arbre aux fruits em-
                                        [pourprés,
Le doux balancement des longs épis dorés,
Et la fauvette va du chêne à la prairie.

L'homme reste sans voix devant cette splendeur,
Et ne s'étonne pas que tant de quiétude
Ait peuplé de grands saints la vaste solitude;
L'âme, en cherchant la paix, y trouva le bonheur.

Et ce n'est encor là que l'ombre des délices
Dont l'œil n'aura rien vu, l'oreille rien ouï,
Dont le cœur, ici-bas, n'aura jamais joui,
L'esprit jamais saisi que de faibles prémices.

Mais depuis de longs mois mes yeux ne vous ont vus,
Sites délicieux, ravissantes campagnes,
Et vous qui partagiez, ô mes douces compagnes,
Ces plaisirs innocents, déjà vous n'êtes plus!...

D'un plus riant Eden vous goûtez l'harmonie ;
Tout y est allégresse, amour, splendeur et paix;
Toute bonté s'y trouve, tous biens y sont parfaits;
Vous jouissez, mes sœurs, de la gloire infinie.

Et moi, j'espère aussi vous aller voir un jour.
En attendant, assise aux saules de la rive,
Où j'aurai suspendu ma cithare plaintive,
J'adoucirai l'exil par l'espoir du retour.

Oh! quand daignerez-vous de ma prison mortelle
Brisant les fers, m'unir à mes sœurs dans les cieux!
Seigneur, vous le savez, le plus cher de mes vœux
C'est de vous voir bientôt dans la gloire immortelle.

ORAISON FUNÈBRE

DE BIBI, CHARDONNERET

BLUETTE

—

Voyez, mes sœurs, la douleur qui m'accable :
J'aimais de cœur un tout petit oiseau,
Et, tout à coup, un malheur effroyable
Vient, sous mes yeux, le conduire au tombeau.

Pauvre petit ! comme il était aimable !
Il voletait, il becquetait ma main ;
Il m'appelait : « piou, piou ». Et puis, à table,
Il me volait les miettes de mon pain.

Tous les matins, au travers de sa cage,
Il me disait : « Mon Elise, bonjour ! »
Je l'entendais et lui donnais pour gage
Un doux baiser, qu'il rendait à son tour.

Que de soucis, Bibi, pour ta pâture !
Quel zèle en tout pour que tu sois heureux !
Plus d'une fois je laissais ma lecture,
Pour t'amuser de mon babil joyeux.

Puis on disait : « Elise n'est pas sage !
Travaillez donc ! » Moi je n'écoutais rien.
Je t'aimais tant ! Et voilà que j'enrage.
Sur ton tombeau, je vais pleurer sans fin.

Au moins, encor si c'eût été Mounine (1),
Que, sous mes yeux, eût saisi le trépas,
J'aurais été quelque peu moins chagrine,
Et de douleur je ne pleurerais pas.

(1) Nom d'un chat.

Mais toi, Bibi, si gentil, si docile,

Toi, mon mignon petit chardonneret!...

Venez, mes sœurs, allons, toutes en file,

Sur son tombeau déposer un regret.

Petit oiseau, repose ici tranquille;

Va! près de toi repose aussi mon cœur.

Je ne saurais te louer en beau style,

Mais ta mémoire en moi met du bonheur.

LE GAVE A ORTHEZ

DESCRIPTION

———

O bords délicieux du Gave,
Fier torrent aux flots écumeux,
Dont l'eau claire, en bouillonnant, lave
Les pieds noirs des monts sourcilleux,

Que j'aime, au bruit de tes cascades,
Sur toi fixer mes yeux pensifs
Et voir, dans tes ondes nomades,
Le cours de mes jours fugitifs !...

Mais le frais des ombres m'attire :
Je suis le fil de ton courant :

Je m'arrête encore, et j'admire
L'aspect abrupt, mais captivant;

Contre des rocs d'un ton grisâtre,
Du haut des monts précipités,
Tes flots superbes viennent battre.
Dieu! quelles sauvages beautés!

Je suis tes eaux, tantôt bourbeuses,
Puis belles de limpidité,
Tantôt coulant silencieuses
Sur un lit de sable argenté.

En te contemplant, je devine
Le gouffre caché sous tes eaux,
Et j'admire la main divine
Qui du rien fit surgir tes flots.

Sur tes bords tout semés de roches,
J'aime à promener mes regards;
Je gravis même les plus proches,
Le cœur avide de hasards.

De roc en roc je me promène,
Mais le sentier manque soudain ;
Je me cramponne ou je me traîne
Et regagne le grand chemin.

De ces natures grandioses,
Mortel, admire la beauté !
Ah ! c'est que Dieu mit sur ces choses
Un reflet de sa majesté.

Pour moi, mon âme surabonde
Et de gratitude et d'amour ;
Un jour d'en haut vient qui l'inonde
Et lui montre un autre séjour.

Qu'elle sera belle, me dis-je,
La terre d'éternel bonheur,
Puisque si riche de prestige
Est celle de l'homme pécheur !

Dieu, je baise ta main divine ;
Puissé-je être moins imparfait !

Devant ta bonté je m'incline :
Tout cela, pour moi tu l'as fait.

Le luxe qui pare ces rives,
Ces scènes d'émouvant aspect,
Ce ciel si pur, ces eaux si vives
N'auront pas seules mon respect.

A toi, Seigneur, âme des mondes,
Souffle par qui tout être vit,
Qui se glisse en ces claires ondes,
Comme dans ces blocs de granit,

A toi, dis-je, mon pur hommage ;
Sans toi, rien d'ici ne serait.
Je te bénis de ce rivage
Et m'en éloigne avec regret.

20 octobre 1860.

LE SOIR A L'ÉGLISE

QUATRIÈME MÉDITATION POÉTIQUE

Que je me plais dans cette enceinte,
Où, de l'auguste Trinité
La majesté sublime et sainte
Le dispute à l'immensité !

Que j'aime ici, loin de la foule,
Inaperçue à l'œil humain,
Sur ce seuil béni que je foule,
Adorer le Dieu trois fois saint !

Lorsque le soir, mystérieuse,
L'ombre glisse dans le saint lieu,

Oh! combien mon âme est heureuse
De se trouver devant son Dieu !

Qui dira la chose ineffable
Que réveille en mon cœur la foi,
L'union inappréciable
Entre le Dieu du ciel et moi ?

Pour moi, les trésors de la terre
Sont comme n'ayant pas été ;
Je m'enveloppe de mystère,
Je nage dans l'immensité.

A travers la clarté douteuse,
Que jette le pieux flambeau,
Je crois entrevoir radieuse
La clarté d'un feu tout nouveau.

Et de ce demi-jour mystique
Tombant de l'urne de vermeil,
Je m'en vais, d'un vol séraphique,
Jusqu'aux splendeurs du vrai Soleil,

Mais tandis que là je contemple
Ce Dieu que mon cœur aime tant,
Sur la froide dalle du temple
Je me retrouve en un instant.

O Dieu ! quelle est donc ma faiblesse,
Et ne puis-je vivre d'amour ?
Et faut-il que dans ma bassesse
Je me concentre sans retour ?

Mon âme, à l'union divine
S'élève, aspire incessamment;
Mais, épuisée, elle décline
Et retombe, hélas! pesamment.

Que dans cette nef solitaire
Je puisse au moins verser des pleurs;
Qu'à la lampe du sanctuaire,
Je sache éclairer mes erreurs !

Toi, devant qui rien ne se cache,
Tu les vois une à une en moi;

Tu distingues la moindre tache,
Le moindre doute dans ma foi.

Ah ! pardonne, ô Dieu du Calvaire,
Je vois ta croix sur cet autel ;
Ton nom remplit le sanctuaire :
Que suis-je ? rien !... Toi ? l'Éternel !

Oui, pardonne à mon indigence,
Pardonne à ma coupable erreur ;
Étends encor ton indulgence
Sur les faiblesses de mon cœur.

Pardonne, parce que je t'aime ;
Pardonne, je suis ton enfant ;
Pardonne-moi, bonté suprême,
Car pour moi, tu versas ton sang.

Pardonne... Vois sur le Calvaire
Une femme priant pour moi ;
La reconnais-tu ? c'est ta mère ;
Ah ! je me confie en ma foi.

Repousserais-tu sa prière ?

M'exilerais-tu de ton cœur ?

Oh ! non, je t'appelle mon père,

Et je sens un espoir vainqueur.

LA PAQUERETTE

IDYLLE

—

Oh! mais voyez donc
Ma fleur si jolie!
Ah! je l'ai choisie
Pour en faire un don.

Elle est pour ma mère,
Ma gentille fleur,
Comme ma prière,
Comme aussi mon cœur.

Si je t'ai cueillie,
Ah! c'est pour t'offrir!

Va ! douce et jolie,
Je t'aime à ravir.

Comme la jonquille
Et le bouton d'or,
N'es-tu pas gentille ?
Oh ! bien plus encor.

Garde ton odeur,
Ta fraîche couronne,
Et puis, ma mignonne,
Parfume son cœur.

Va, dis-lui, ma belle,
Mais dis-lui tout bas,
Que je trouve en elle
Tes jolis appas.

Mignonne fleurette,
Va, dis-le lui bien ;
Dis-lui, ne crains rien,
Blanche pâquerette.

Va, va sur son cœur ;

Dis-lui que je l'aime,

D'un amour extrême.

Hâte-toi, ma fleur.

LA PREMIÈRE COMMUNION

ODE SACRÉE

I

Voici venir l'heure bénie.

Vois, enfant, écoute en ton cœur :

Des sphères la douce harmonie

Sonne le départ du Seigneur.

Là-haut, tout se meut, tout s'anime ;

Entends vibrer les harpes d'or :

Du haut de la céleste cime,

Le chérubin prend son essor.

Il quitte les hauteurs splendides
Pour venir escorter son roi.
Et la vierge aux regards timides,
Et l'apôtre à l'œil plein de foi,
Et le martyr, et le prophète.
Et des élus les mille essaims
Viennent à cette douce fête
Accompagner le Saint des saints.

Ah ! tiens ton cœur prêt, jeune fille,
Fais de ton âme un autre ciel ;
Enfant d'une sainte famille,
Pour toi s'abaisse l'Éternel.
A genoux, à genoux, adore,
Adore et demande pardon.
Que ton cœur, que ta voix l'implore,
Dans un filial abandon.

Mais relève-toi, prends courage,
Voici le vêtement nouveau
Du doux pardon, précieux gage,
Blanchi dans le sang de l'Agneau.

Sur tes cheveux mets ce long voile,

Sur ton front cette blanche fleur;

Cette croix d'or, pieuse étoile,

Mets-la, ma fille, sur ton cœur.

L'heure sainte résonne encore,

Non plus au ciel, mais ici-bas.

Comme toi, debout dès l'aurore,

On voit s'en allant, pas à pas,

Les jeunes vierges au saint temple;

Va t'unir de cœur à leurs chants.

Vois comme la foule contemple

Ces fronts purs sous ces voiles blancs.

Va, ma fille, et reviens heureuse.

Tout le ciel va prier pour toi.

Oui, va; mais, à l'heure pieuse,

Pense à ta mère, pense à moi.

II

Eh ! te voilà, mon petit ange,
Viens me dire tout ton bonheur
Et de quel plaisir sans mélange
Surabonde ton jeune cœur.
N'est-ce pas qu'il est bon ce père
Qui caresse si tendrement,
Qui nous donne plus qu'on n'espère,
Tant de bonheur en un moment ?
Ah ! garde ta blanche couronne,
Touchant symbole aimé du ciel,
Que sur ton front elle rayonne
Jusques au festin éternel.

Garde aussi de toute souillure
Ta robe au fin tissu de lin,
Qui frôle la robe si pure
De l'ange te donnant la main.

Et cette croix mystérieuse,
Garde-la sur ton jeune cœur,
Elle donne à l'âme pieuse
Force et vertu dans le malheur.

Enfin, de Dieu, petite épouse,
Garde souvenir de ce jour,
Comme aujourd'hui reste jalouse
De lui conserver ton amour.
Et, rasant la vague mortelle
De ce fleuve où tout se flétrit,
Tu te garderas pure et belle
Pour l'époux divin, Jésus-Christ.

LA JEUNE MOURANTE

ÉLÉGIE

—

Ah! laissez-moi jouir encore
Du jour qui se lève si beau;
Peut-être que demain l'aurore
Se lèvera sur mon tombeau!
Soleil, amour de la nature,
Laisse-moi jouir de tes dons;
Fais, sur ma blanche couverture,
Glisser l'or de tes doux rayons.
Dans cette campagne si belle,
Je vois la fleur déjà s'ouvrir,
Et moi, jeune et tendre comme elle,
Je vais, hélas! bientôt mourir!

O soleil, ta chaleur puissante
Colorera plus d'un bouton,
Et moi, rose à peine naissante,
Tu laisseras flétrir mon front !
Comme la fleur de la vallée
Qu'un souffle d'autan fait périr,
Je m'incline, triste et hâlée.
Pauvre Elvire, il te faut mourir !
Mourir !... Oh ! que ce mot est triste !
Adieu, beaux jours de mon printemps.
Déjà pour moi plus rien n'existe :
Il faut mourir, et j'ai quinze ans !
Mon Dieu, m'as-tu donc délaissée ?
Ma fièvre est-elle sans retour ?
Ne suis-je plus dans ta pensée ?
Je comptais tant sur ton amour !
Ah ! vois le mal qui me dévore
Et ma mère fondant en pleurs,
Qui dans le temple prie encore.
Mets donc un terme à ses douleurs.
« Ma pauvre enfant, » me disait-elle,
Cette nuit, me voyant souffrir,

« Un Dieu trouvé toujours fidèle,

« Pour nous sauver, voulut mourir;

« Hostie offerte en sacrifice,

« Tous les jours, il meurt sur l'autel;

« J'irai prier qu'il te guérisse,

« Quand le jour descendra du ciel... »

J'entends déjà sur la clairière

Le bruissement de ses pas.

Auras-tu béni sa prière,

Ou bien prononcé mon trépas?

Sur son front empreint d'espérance,

Vais-je lire un arrêt d'amour,

Ou voir, dans sa feinte assurance,

Se refléter mon dernier jour?

Ah! la voilà!... Viens, ô ma mère!

Que ta présence a de douceur!

Mais, que vois-je? sur ta paupière

Une larme trahit ton cœur.

Oh! n'enchaîne pas ta pensée:

Je suis résignée à mon sort;

Sur ma main pâlie et glacée,

Tu vois peut-être errer la mort.

Ne t'afflige pas, bonne mère,

Dieu m'avertit au fond du cœur

Que mes jours devaient sur là terre

Passer comme ceux de la fleur.

Destinée au jardin céleste,

Sa main s'empresse à me cueillir,

Avant que le souffle funeste

Ici-bas vienne me flétrir.

Pour toi, j'eusse aimé tant la vie!

Mais le Seigneur m'attend là-haut.

Va, mon sort est digne d'envie.

Nous nous retrouverons bientôt.

Je n'aimais que toi sur la terre,

La mort ne rompra pas ces nœuds.

Embrasse-moi, ma bonne mère,

Nous nous reverrons dans les cieux.

LA FILLE DU CALVAIRE

CINQUIÈME MÉDITATION POÉTIQUE

Et me voilà la fille du Calvaire.

Près de la croix, j'ai fixé mon séjour.

C'est de ce lieu qu'un jour mon âme espère

Prendre son vol sur l'aile de l'amour.

Assise au pied de cet arbre de vie,

Ne respirant que divine douleur,

Aux séraphins je pourrais faire envie :

Le sang divin coule à flots sur mon cœur.

Sur ce rocher cinq sources jaillissantes

Coulent toujours comme un fleuve divin ;

Tombant sur moi, ces eaux vivifiantes
Me laisseront pure de tout levain.

Demeure ici, sois tranquille, ô mon âme;
Ne pleure plus, ton Dieu t'a pardonné.
De cette croix coule un pieux dictame
Qui guérit tout. Et Dieu t'a tout donné :

Et son amour, et son sang, et sa vie.
Il s'offre à toi pour être ton époux;
Pour te guérir, il souffre l'agonie;
Pour te sauver, il est percé de clous.

Retire-toi dans ces trous adorables
Pour y trouver remède à ton malheur,
Pour y pleurer ces larmes ineffables,
Larmes d'amour bien plus que de douleur.

Et ton Jésus te bénira, mon âme,
Tu sentiras redoubler ta ferveur,
Et, désormais, plus digne de sa flamme,
Tu seras pour toujours son épouse et sa sœur,

MYRTIL

IDYLLE

Le ciel était serein, la nuit pure et tranquille,
La lune, avec amour, sur le lac immobile
Épanchait mollement ses rayons argentés ;
Et, couvrant le gazon d'une lumière amie,
Elle versait au loin sur la plaine endormie
  Ses feux par les monts répétés.
Myrtil était venu méditer dans la plaine
Et respirer du soir la douce et tiède haleine.
Immobile d'amour, un moment il crut voir
D'un plus heureux séjour se dérouler la vue :
Dans son cœur innocent, l'extase était venue.
  Il murmura l'hymne du soir ;

Et, priant, il revint sous l'agreste branchage,

Où le pampre enlaçait son modeste feuillage

Au chèvrefeuille en fleur, au jasmin embaumé.

Son vieux père, couché sur un tapis de mousse,

Laissait voir, au reflet d'une lumière douce,

    Son front doucement animé.

Myrtil croisa les bras. De respect immobile,

Il contempla longtemps sa vieillesse débile

Que le sommeil venait ranimer doucement;

Et ses yeux pleins d'amour, à cette douce image,

Se tournaient vers le ciel à travers le feuillage

    Et ses pleurs coulaient mollement.

« — O toi, dit-il, ô toi, mon vieux et tendre père,

« Toi seul qu'après les dieux j'honore sur la terre,

« Comme ton front est pur, ton visage charmant!

« Le juste ainsi sommeille. Ah! pour prier, sans doute,

« Tes pas se sont guidés vers cette auguste voûte

    « Que ton cœur chérit vivement.

« Oui, pour offrir aux dieux une prière pure,

« Aux doux parfums du soir, aux pleurs de la nature,

« Ton cœur aura mêlé les parfums de tes vœux.

« Pour Myrtil, pour son fils aura prié mon père,

« Et le pesant sommeil a fermé sa paupière.

  « Mon père, que je suis heureux !

« Ta prière, du ciel, bien sûr est protégée ;

« Car, pourquoi voyons-nous richement ombragée

« Notre pauvre cabane? Et des rameaux en fleur,

« A l'automne, tomber une moisson si grande?

« Notre champ, nos troupeaux, quand ta voix le demande,

  « Sont à l'abri de tout malheur.

« Ah! lorsque, satisfait des soins de ma tendresse,

« Pour rendre plus léger le poids de ta vieillesse,

« Des larmes de bonheur s'échappent de tes yeux;

« Quand sur ma tête alors, de ta main vénérée,

« Tu fais venir du ciel cette grâce sacrée

  « Que toujours t'accordent les dieux,

« De quel pieux amour surabonde mon âme !

« Plus actif qu'au foyer n'est active la flamme,

« Un doux ruisseau de pleurs cherche à se faire jour.

« Aujourd'hui même encor, quittant notre cabane

« Et t'appuyant sur moi, comme fait la liane

  « Au buisson qui croît à l'entour,

« Venant, dis-je, animer ta force défaillante

« A l'heure où du soleil la chaleur bienfaisante

« Donne une teinte d'or aux raisins du coteau,

« Et, contemplant joyeux la fertile campagne,

« Nos troupeaux bondissant aux flancs de la montagne

  « Aux sons ravissants du pipeau,

« Tu disais : « — Mes cheveux ont blanchi dans la joie.

« Puissent les dieux si bons faire encor que je voie

« D'abondantes moissons nos coteaux se couvrir !

« Témoins de mon bonheur, ô campagnes chéries,

« De la main d'un vieillard, soyez, soyez bénies.

  « Bientôt mes yeux vont s'assombrir :

« Je ne vous verrai plus, ô campagnes joyeuses,

« Mais j'en retrouverai là-haut de plus heureuses. »

« — Quoi ! je vais donc te perdre, ô le roi des amis ?

« Mon père ! ô sort cruel !... Oui, je veux sur ta tombe

« Élever un autel. Et si d'une hécatombe,

  « Hélas ! il ne m'est pas permis,

« Fils trop peu fortuné, de te faire l'offrande,

« Je saurai bien de fleurs te faire une guirlande

« Et de lait et de fruits couvrir ton monument.

« Et quand, pour ton Myrtil, luiront des jours prospères,

« Quand il aura du pauvre allégé les misères,

  « Il ira t'offrir son présent. »

Ainsi parla Myrtil, et, regardant son père,

Des larmes de douleur mouillèrent sa paupière.

« — Oh! comme il dort en paix, comme il paraît heureux!

« Tes songes te font voir quelque image divine!... »

Et des sanglots alors soulevant sa poitrine,

    Un ruisseau coula de ses yeux.

Puis, contemplant encor cette tête adorée

Dont la lune, parfois légèrement dorée,

Illuminait le front d'un éclat tout divin :

« — Puisse, dit-il, du soir la fraîche et douce haleine,

« Rafraîchissant tes sens, éloigner toute peine

    «. Qui pourrait oppresser ton sein ! »

Il dit. Et se penchant doucement sur sa couche,

Sur le front du vieillard, il appuya sa bouche,

Lui donnant un baiser. Le vieillard s'éveilla.

Myrtil le conduisit alors dans sa cabane,

Où, sur un lit de fraîche et flexible liane,

    Plus doucement il sommeilla.

          (Traduit de la prose de Léonard.)

LA VISION D'UN ENFANT

RÊVERIE

—

Lᴀ nuit se fait dans la campagne,
La cloche a sonné l'angelus;
Déjà sur la haute montagne
Le soleil ne se montre plus.

Le serpolet, le doux cytise,
La fleur des champs et des déserts
Livre ses parfums à la brise,
Qui les porte au loin dans les airs.

Et des parfums et de la brise,
Et du couchant et de ses feux,

Et de la vague qui se brise,
Il se fait un concert pieux.

Heureux témoin de cette scène,
Dans un manoir un noble enfant,
D'une beauté douce et sereine,
Boit l'air embaumé du couchant.

Bientôt, sans rien dire à sa mère,
Il sort. Le voilà dans les champs.
Oh ! combien la brise légère
Caresse doucement ses sens !

Voyez cette croix renversée :
Là, va s'asseoir le noble enfant.
Sur son front brille la pensée
Aux rayons du soleil mourant.

Pour lui que la nature est belle,
Quand le jour lutte avec la nuit !
Son cœur se recueille avec elle
Et suit de loin le jour qui fuit.

Et sur le floconneux nuage
Que l'horizon teint de ses feux,
Son âme poète surnage
Et se croit presque dans les cieux.

Mais de ces nuages étranges
L'un d'eux frappe le jeune enfant.
Il ressemble en tout à ces anges
Qu'en ses rêves il aime tant !

Bientôt, c'est une vierge douce,
Oh ! douce comme est doux son cœur,
Légère comme un brin de mousse,
Belle comme est belle la fleur,

Qui, s'entourant de son grand voile,
Près de l'enfant vient se poser,
Tandis que la première étoile
Sur son front pur vient se mirer.

« — Enfant, dit-elle, qui refuse
« De me reconnaître en ce jour,

« Regarde-moi : je suis la Muse

« De la prière et de l'amour.

« C'est moi qui, dans ton premier rêve,

« Te montrai mon front gracieux,

« Comme une étoile qui se lève

« Dans l'azur pâlissant des cieux ;

« Qui posai sur tes lèvres roses

« Un baiser auquel tu souris ;

« Qui te dis de suaves choses

« Comme on en dit au paradis.

« C'est moi qui dois guider ta lyre :

« Ta lyre ce sera l'amour,

« Et la prière qui soupire

« L'hymne des nuits, l'hymne du jour.

« Entends-tu bien ces voix confuses

« Des eaux, des bois et des déserts,

« Ces notes brèves ou diffuses

« Que l'oiseau jette dans les airs ?

« Ce bruit des champs, ce bruit des villes,

« Ces cloches aux doux tintements,

« Ces voix des mers, ces voix des îles,

« Des tempêtes les hurlements?

« Ce sont les voix de la nature

« Qui s'élève sublime à Dieu,

« Qui se recueille et qui soupire,

« Le soir, sa prière d'adieu.

« Et c'est l'amour qui la fait naître;

« Vois, enfant, partout c'est l'amour

« Qui fait mouvoir, quel qu'il puisse être,

« Ce qui vit en l'humain séjour.

« Oui, le bruissement de l'herbe,

« De l'eau, de l'insecte, de l'air,

« De l'épi dont on fait la gerbe,

« Du vent qui soulève la mer;

« Oui, tout cela, c'est la prière,

« S'en allant par cent mille voix,

« Puissante, pleine de mystère,

« Soumise à d'immortelles lois.

« Et puis, l'étoile qui se mire

« Dans l'eau tranquille ou qui se tait

« Est un baiser, un doux sourire

« Du ciel à la terre, un bienfait.

« Et ce doux reflet de l'étoile

« Qui s'échappe mystérieux,

« Comme une vierge qui se voile,

« Le baiser de la terre aux cieux.

« Suis cette pente universelle,

« Enfant, remonte au Créateur;

« Aime, prie. Ah! l'âme immortelle

« Ne trouve que là le bonheur. »

Puis les nuages descendirent.

Et la vierge s'assit dessus,

Et de leur ombre ils la couvrirent...

Bientôt l'enfant ne la vit plus!

MON JOLI VALLON

Gensac, 1864.

Quand sur la colline,
Mon joli vallon,
Le soleil décline,
Que je t'aime donc !

J'aime ton silence,
Ton agreste lieu
Et la transparence
De ton ciel si bleu.

Ce dernier sourire
Des brûlants rayons,

Tout ce qui respire
Dans tes frais sillons.

Le saule mobile,
L'érable argenté,
Son rameau fragile
Par l'air agité ;

La mousse légère
Aux troncs renversés,
La touffe de lierre
Aux rocs crevassés.

Insecte ou brin d'herbe,
Ou massifs rocheux,
Ou chêne superbe,
Tout plaît à mes yeux.

Du haut des collines,
D'obliques rayons
De teintes divines
Teignent des gazons.

Comme elle est légère,
L'ombre, aux vieux clochers,
Et que de mystère
Au creux des rochers !

Douceur infinie,
Nuance sans fin,
Tout est harmonie,
Mystère divin.

Dieu t'a mis peut-être,
Mon joli vallon,
Là, sous ma fenêtre,
Pour bénir son nom.

Que je le bénisse,
Qui peut en douter ?
Amour ou justice,
Puis-je l'éviter ?

Mais le soir avance,
Vient un doux zéphir

Et plus de silence,

Le soleil va fuir.

Voix de la nature,

Le vallon pieux

Est plein du murmure

Et du chant des cieux.

Chant de l'alouette,

Soupirs du grillon,

Écho qui répète

Les bruits du sillon ;

Le ruisseau qui coule,

L'oiseau qui s'enfuit,

Tout ce qui roucoule,

Se meut, chante et luit.

Tout dit à mon âme :

« — Chante comme nous, »

Et mon cœur de femme

Se met à genoux.

Il dit le cantique
Du joyeux vallon,
Et sa voix mystique
Bénit le Dieu bon.

LA JEUNE CHATELAINE

RÊVERIE

Un moment j'ai quitté le château de mon père :
Le bruit de ses plaisirs afflige trop mon cœur,
Le ciel m'a fait présent d'une âme trop sévère
Pour aimer de ces biens l'éclat vain et trompeur.
Et loin, dans les sentiers d'une étroite vallée,
Fuyant le souvenir de mon bruyant manoir,
Je m'assieds un instant sur la pierre isolée
Où l'ermite pieux s'en vient prier le soir ;
Et je franchis le seuil de l'église gothique,
Dont le vieux mur de mousse et de lierre couvert
Harmonise ses tons au ton mélancolique
Des rayons du couchant sur ce site désert,

Et retrouvant ma joie à l'ombre révérée,

Mon âme a cru toucher au céleste séjour

Et le front incliné vers la dalle sacrée,

Mon cœur a soupiré sa prière d'amour :

O Dieu, du tourbillon de ces fêtes mondaines,

Pour venir près de toi je m'arrache un instant;

Ces cercles, ces plaisirs, ces chants, ces pompes vaines,

Tout à mon pauvre cœur est d'un poids accablant.

Seigneur! et pour ces riens aurais-tu fait mon âme?

L'ouvrage serait-il digne de son auteur?

Ah! si tu l'animas au foyer de ta flamme,

Permets qu'elle ait l'instinct de sa noble grandeur.

Comme le jeune lis des plaines d'Idumée

Que le Tartare errant a foulé sous ses pas,

Je souffre, je languis, je tombe consumée

Près d'un monde pervers qui ne te connaît pas.

On dit que vers ton cœur monte l'humble prière,

Comme le doux parfum qu'exhale l'encensoir,

Ou comme aux jours d'été s'élève de la terre

L'arome transporté par la brise du soir.

Et tu me vois, Seigneur, dans cette auguste enceinte

Où tant de cœurs pieux ont répandu des pleurs,

Où tant de fois ta voix mystérieuse et sainte

S'est plu à consoler tant d'amères douleurs.

Me verrais-tu flotter sur ces mers sans rivage,

Sans me tendre d'en haut ta secourable main ?

O mon Dieu, pourrais-tu détourner le visage,

Quand ton Hedvige vient se jeter sur ton sein ?

Mais une voix d'espoir s'est glissée en mon âme,

Comme le doux rayon au lever du soleil,

Comme l'astre des nuits verse sa douce flamme

Sur la terre livrée à l'oubli du sommeil.

Et le Dieu qui me fit m'a dit : « Je suis ton père.

« Je te veux loin de moi quelques instants encor,

« Au milieu de tes maux lève les yeux, espère :

« Une larme a pour prix un immense trésor.»

MA CHAMBRE

BADINAGE

Tout beau, ma sœur. On dirait un volcan !
Ma chambre, enfin, n'est pas si déplaisante ;
On ne vous voit faire un pareil cancan
Que pour cacher une envie étonnante.

Voyons un peu ce qui vous fait crier :
Est-ce, en entrant, mon joli bénitier ?
Si vous étiez tant soit peu plus dévote,
Au lieu d'aller ainsi tout décrier,
Comme le fait toute fille bigote,
Vous songeriez d'abord à vous signer,
Puis, cela fait, à moins m'égratigner.

Tout compte fait, voyons un peu l'affaire,

Et forçons-la, s'il se peut, à se taire.

Un bénitier tout tronqué, dites-vous,

Et le plus vieux qui se trouve chez nous.

Oui... mais, pourtant, c'est le plus pittoresque :

Par un endroit il est à la moresque,

Et par un autre en métal du Japon.

Pour l'embellir, en troisième façon,

Victime, hélas ! de quelque maladresse,

Il est rejoint par un petit cordon.

Qui fit cela n'entendit pas finesse.

Puis, dites-vous, sur un ton de douceur,

Vous avez là ce meuble qui fait peur.

Ma chère sœur, vous êtes bien poltronne.

Pour vous guérir, voyons, que je vous donne

De ce grand meuble une autre opinion :

Il m'est venu, et par tradition,

Que cette armoire et son gothique ouvrage

De Dagobert fut le meuble mignon ;

A sa marraine un jour il en fit don.

Et, lentement, de don en héritage,

Il est passé dans mon appartement,

Dont il est bien le plus bel ornement.

Passe pour un, me direz-vous peut-être ;

Mais cependant, cette grande fenêtre,

Où l'on ne voit de volets qu'un fragment,

Ne jette pas dans le ravissement.

Cette fenêtre a bien son avantage,

C'est de n'avoir, dans tout le voisinage

Point de rivale à devoir redouter.

Certe, entre tout, ceci peut bien compter.

Et puis, j'y trouve un agrément encore ;

Et le palais qu'un grand luxe décore,

De celui-ci peut jouir quelquefois ;

Je crois l'avoir entrevu chez les rois :

C'est de pouvoir, sans peur de prendre rhumè,

Avoir le jour ou l'ombre à volonté.

Ne riez pas sans avoir écouté,

Comme de vous c'est la noble coutume.

Quand vous voulez du jour vous garantir,

A vos volets il vous faut recourir,

Et vous risquez par la pluie ou la bise

D'être aussitôt d'un mal de gorge prise.

Moi, point du tout. D'un énorme rideau,

Je fais courir l'obéissant anneau

Et me voilà de tout mal garantie.

Car remarquez en passant, je vous prie,

Que ce rideau d'assez bonne épaisseur

Me rend service aussi pour la couleur :

D'un vert foncé son tissu prit la teinte.

J'ai satisfait votre troisième plainte.

Quant au châssis dont vous riez parfois,

Je ne veux pas vous en ôter les droits ;

J'aimerais mieux, — à parler sans figure, —

Qu'il se montrât sous une autre tournure,

Et qu'il n'eût pas de carreaux de papier

Où l'aquilon pût se réfugier...

Eh bien ! ma sœur, qu'avez-vous donc encore ?

Ah ! je le vois : le lit, le chandelier.

Pour cette fois, cessez de parodier.

Un vilain mal, je le vois, vous dévore.

Quand il vous prend, vous raisonnez sans frein,

Et peu, ni prou, toujours même refrain.

Voyons le lit. Que trouvez-vous à dire ?...

Et sur quel point vous prête-t-il à rire ?

Ce ne sont point sûrement les rideaux,

Car du logis ce sont bien les plus beaux.

De tout pareils, j'en ai vu, pour vous plaire,

Un de ces jours, chez notre grand vicaire.

Ah ! je comprends, vous nommez l'oreiller ;

Pour ce point-ci vous pouvez mordiller,

Il est rempli de matière un peu dure;

Mais, tout de même, on dort, je vous assure,

Sauf quand, parfois, une plume à canon

Vous vient blesser la joue ou le menton.

Et puis, ma sœur, pour le porte-lumière,

Qu'importe à moi telle ou telle façon ?

Si j'en prends un, c'est bien pour qu'il m'éclaire !

Il faut pourtant le dire avec candeur :

Le mien parfois me donne un peu d'humeur.

Je suis, dit-on, de nature assez libre,

Et crains toujours quand il faut me gêner.

J'ai beau tenir ce maudit chandelier

Entre mes doigts en parfait équilibre,

De tous côtés il va se répandant.

Et sur mes doigts, d'un suif pâle et fondant,

Cet instrument de modeste calibre

A promptement déposé l'excédant

De l'aliment qui produit sa lumière.

A mon humeur, hier, je donnais carrière,

Lorsqu'un passant me prenant en pitié

Eut à mon mal bientôt remédié.

Ce chandelier n'avait point de bobèche.

Quand, au sommet, un édifice pèche,

Facilement on peut tout concilier.

Pour revenir à notre chandelier,

Qui, par le haut, manquait d'architecture,

On vous en fit d'une telle structure,

Qu'on aurait dit un vrai chapeau chinois.

En papier gris l'étoffe était, je crois.

Pour résultat, j'eus l'immense avantage

De n'avoir plus à me souiller les doigts.

Or, quant à vous, ma sœur, je vous engage

De corriger votre pente à jaser;

Car, aussi bien sur vous on peut gloser.

Examinez la mouche qui vous pique,

Et laissez là chambre, meuble, critique.

Soyez aimable. Et par l'humilité,

Par la candeur, par la docilité,

De la vertu que vous trouvez si belle,

Montez, montez au plus haut de l'échelle.

Vous le pouvez, puisque d'autres l'ont fait.

En terminant, je forme ce souhait,

Et puissiez-vous, dans ce discours sincère,

D'un cœur ami saisir le caractère.

L'AURORE

ODE SACRÉE

DES temples du Seigneur, l'aube blanchit le faîte.

Sur la flèche gothique elle jette ses feux.

Son éclat renaissant a devancé nos vœux.

Qu'à gagner les parvis chacun de nous s'apprête

    Et que les chants de fête

    Nous trouvent aux saints lieux.

C'est pour nous que le ciel fait naître cette aurore.

Entonnons tous en chœur un hymne à sa bonté,

L'imposante splendeur du Christ ressuscité,

Au sortir du tombeau, fut plus brillante encore

    Que le rayon qui dore

    Le temple redouté.

Sur les murs de Sion la mort audacieuse

A planté, de sa main, le triomphant rameau ;

Mais le Christ, soulevant les portes du tombeau,

Dans ses sombres cachots fait rentrer l'orgueilleuse,

    Et l'aube radieuse

    Brille d'un feu nouveau.

Quel prodige éclatant de la toute-puissance

Que le monde sortant des vides du chaos !

Le Très-Haut, renonçant à l'éternel repos,

L'orna de tous les dons de sa magnificence,

    Quand, dans la voûte immense,

    Il plaça ses flambeaux.

Eh ! qu'est-ce, ô Dieu sauveur, que cette œuvre si belle ?

Ce n'est qu'un faible jeu de ta puissante main.

Mais, quand des flots de sang ruissellent de ton sein,

Quand, pour rendre à la vie un peuple ingrat, rebelle,

    À la mort criminelle

    Tu ravis son butin.

Alors, pleins des transports de la reconnaissance,

Nous portons jusqu'aux cieux la grandeur de ton nom.

Dans un accès d'amour, dans un libre abandon,

Nous invitons la terre à louer ta puissance,

    Disant, pleins d'assurance :

    — Que le Seigneur est bon !

Qu'il fut bon le Seigneur quand, belle de parure,

La terre, au premier jour, se rendit à ses vœux !

Qu'il fut bon quand il fit tous ces millions de feux

Et quand, pour animer cette belle nature,

    Il fit sa créature

    D'un rayon de ses yeux !

Nous croyons assister aux premiers jours du monde

Quand le soleil paraît sur le vaste horizon,

Et ses feux, éclairant notre faible raison,

Nous disent que de Dieu la sagesse profonde,

En mystères féconde,

Pour nous n'a point de nom.

Le Christ, se revêtant de notre chair fragile,

Voulut à nos regards dérober sa splendeur.

Mais la grâce divine, échauffant notre cœur,

Des sublimes clartés rendit l'accès facile,

Et notre faible argile

Admira sa grandeur.

Gloire à toi, Trinité, dans la suite des âges!

Gloire à toi dans le temps et dans l'éternité!

Gloire à vous, Père et Fils, Esprit-Saint, dont les gages

Nous donnent les présages

De l'immortalité!

(Hymne traduite de Santeuil.)

MA NIÈCE ET LE GRISON

EXCURSION SUR LES MONTAGNES

DE RENNES-LES-BAINS

_____

Août 1869.

Voici venir, ma nièce,
Votre joli grison,
Dessus, comme une abbesse,
Placez-vous sans façon.

Vous y voilà. J'espère
Qu'en toute dignité,
Vous allez savoir faire
La dame à majesté.

Trotte, trotte, ma bête,
Ne crains pas les faux pas;

C'est une fière tête
Qui ne se trouble pas.

Bien ! la mouche te pique ?
A ton joli fardeau
Tu veux faire la nique,
Baudet, ce n'est pas beau.

L'abbesse se cramponne,
Et grison radouci,
Au chardon qu'on lui donne,
Semble dire : « Merci !.. »

Pardon, ma belle abbesse,
S'il vient à votre *né*
L'odeur qui rime en *esce*,
Grison n'est pas gêné.

Même au nez d'une reine
Il offre son bouquet.
Ne vous faites point peine.
Va, trotte, bourriquet.

Un peu moins de secousse,
Tu portes sur ton dos
Dépouillé de sa housse,
Une dame aux grands mots.

J'ai bien peur qu'elle en dise
Un qui résonnera.
Sans trop d'égards, ma grise,
Elle te frappera.

Mais non; ses deux mains blanches
Cramponnant ton vieux bât
Ne peuvent sur tes hanches
Se permettre un ébat.

Bon courage, ma nièce.
Jusqu'ici tout au mieux;
Prenez joie et liesse,
Vous trottez en bons lieux.

Je suis persuadée
Qu'une ânesse montant,

Vous croyez de Judée
Gravir l'escarpement.

A plaisir, mon abbesse,
Vous avez acheté,
Montant sur une ânesse,
Droit à la vanité.

Mais moi qui, sur vos traces,
M'en vais pédestrement,
Je n'ai plus ni vos grâces
Ni votre enivrement.

Je me vois, pauvre femme,
Gravissant un sentier,
Risquant de perdre l'âme
Ou me tordre le pié.

Enfin, l'affaire est faite,
L'abbesse et le grison
Ont tous deux chanté fête,
Rentrant à la maison.

LE JOUR

ODE SACRÉE

—

Salut ! beauté du jour, dont la première aurore
Emprunte ses rayons des yeux du Créateur ;
    Beauté du jour qui vas éclore,
    Reçois l'hommage de mon cœur.
    La main de Dieu qui te fit naître,
    En te dégageant du chaos,
    Rompit les portes des tombeaux ;
Et, vainqueur de l'enfer, le Christ parut en maître,
Dépouillant de la mort les funestes réseaux.

O mort, tu l'entendis, cette voix souveraine,
Qui brisa dans ta main le cruel aiguillon.
    Chaos, tu ressentis l'haleine
    Du souffle du Dieu de Sion.
    Et nous, plus rebelles encor
    Que le chaos et que la mort,
Nous opposons le bruit des vagues orageuses
. A la voix du nocher qui nous appelle au port.

Au moins, dans ce moment où la nature entière
Repose à la faveur des ombres de la nuit,
    Chrétiens, enfants de la lumière,
    Levons-nous, un astre nous luit.
    Que des hymnes, que des cantiques
    Retentissent dans le saint lieu.
Accourons tous en foule inonder les portiques
Où l'ardent chérubin lance des traits de feu.

Tandis que les pécheurs, faisant trève à leurs fêtes,
Reposent leur langueur sous des lambris dorés,

Que les oracles des prophètes

Nous trouvent aux parvis sacrés.

Que David nous prête sa lyre,

Que ses chants descendus des cieux

Sous les voûtes de ces saints lieux

Inspirent à nos cœurs cet amoureux délire

Qui brille sur le front des séraphins pieux.

Que la loi du Seigneur, comme au mont sinaïque,

Dans ce jour solennel retentisse en nos cœurs :

Que de son sommeil léthargique

Notre âme abjure les langueurs.

Que de ses vains plaisirs lassée,

Elle entre dans de nouveaux jours,

Qu'on voie en elle pour toujours,

Du Christ ressuscité l'image retracée,

Et qu'en lui seul elle ait sa force et son amour.

Eh ! sur qui pourrions-nous fonder notre espérance ?

Sur vous seul, ô Seigneur ! En ce jour et demain,

Notre vie est en assurance,

Vous nous conduisez par la main.

A l'ombre de vos tabernacles,

Nous irons goûter votre loi.

Nuit et jour, des yeux de la foi,

Nous irons consulter les sublimes oracles.

Vous serez notre ami, notre Dieu, notre roi.

(Traduite des hymnes de Santeuil.)

LE GRILLON

GENRE BADIN

Au coin de l'âtre où je tisonne,
En rêvant à je ne sais quoi,
Petit grillon, chante avec moi,
Qui, déjà vieux, toujours chansonne.
Petit grillon, n'ayons ici,
N'ayons du monde aucun souci.

Nos existences sont pareilles :
Si l'enfant s'amuse à ta voix,
Artisan, soldat, villageois
A la mienne ont charmé leurs veilles.
Petit grillon, n'ayons, etc.

Mais sous ta forme hétéroclite,

Un lutin n'est-il pas caché?

Vient-il voir si quelque péché

Tient compagnie au vieil ermite?

Petit grillon, etc.

N'es-tu pas sylphe ou petit page

De quelque fée au doux pouvoir,

Qui s'adresse à moi pour savoir

A quoi le cœur sert à mon âge?

Petit grillon, etc.

Non. Mais en toi, je le veux croire,

Revit un auteur qui, jadis,

Mourut de faim dans son taudis

En guettant un rayon de gloire.

Petit grillon, etc.

Docteur, tribun, homme de secte,

On veut briller ; l'auteur surtout.

Dieu servit chacun à son goût,

De la gloire à ce pauvre insecte.

Petit grillon, etc.

La gloire ! est fou qui la désire,

Le sage en dédaigne le soin.

Heureux qui recèle en un coin,

Sa foi, ses amours et sa lyre !

Petit grillon, etc.

L'envie est là qui nous menace.

Guerre à tout nom qui retentit.

Au fait, plus ce globe est petit,

Moins on doit y prendre de place.

Petit grillon, etc.

Ah ! si tu fus ce que je pense,

Souris de ta témérité,

Ce qu'on gagne en célébrité
On le perd en indépendance.
Petit grillon, etc.

Au coin du feu, tous deux à l'aise,
Chantant, l'un par l'autre engagés,
Prions Dieu de vivre oubliés,
Toi dans ton trou, moi sur ma chaise.
Petit grillon, n'ayons ici,
N'ayons du monde aucun souci.

STANCES

ADRESSÉES A MGR THIBAULT

ÉVÊQUE DE MONTPELLIER

En lui envoyant son chiffre brodé et encadré dans une guirlande.

29 février 1840

———

Naissez, mes fleurs, sous ma main vigilante ;
Sur nous bientôt s'ouvrira le printemps :
Unissez-vous en couronne élégante.
Qui mieux que vous peindrait nos sentiments ?

L'âme, au pouvoir d'un charme inexprimable,
D'amour, d'espoir, de respect, de bonheur,
Poursuit en vain un mot insaisissable :
Elle a tout dit en montrant une fleur.

Unissez-vous en guirlande légère,

Charmantes fleurs qui parez le printemps;

L'enfant bien né, sur le front de son père,

Aime à poser vos bouquets odorants.

Dévoilez-nous vos beautés symboliques,

Vos doux attraits; et dites-nous comment

La riche fleur des bosquets ioniques

Donne au bon cœur le premier sentiment.

Charmantes fleurs, sous l'aiguille légère,

Façonnez-vous en contours gracieux,

Parez ce nom, c'est le nom d'un bon père,

Dévoilez-lui vos traits mystérieux,

L'une de vous d'un superbe calife

Orna jadis le splendide palais;

Elle devient, sur le front d'un pontife,

L'emblème heureux de ses touchants bienfaits.

Charmantes fleurs, croissez douces et belles,

Montrez, montrez vos brillantes couleurs,

L'œil trouve en vous toujours grâces nouvelles;
Auprès de vous s'inspirent les bons cœurs.

Modeste fleur qui fîtes le génie
Naïve sœur du tendre sentiment,
Par quel secret vous trouvez-vous unie
Au cœur du père, à celui de l'enfant?

Croissez, croissez sur vos tiges légères,
Inclinez-vous sur ce nom précieux,
Vos doux attraits n'offrent plus de mystères,
Ils ont tout dit : respect, amour et vœux !

COMPLIMENT

ADRESSÉ

A Mᴹᴱ SAINT-PHILIPPE DE VACQUIÉR

Supérieure de la Communauté des Dames de Saint-Maur, à Montpellier

26 mai 1842.

———

Dɪᴇᴜ, qui tient en ses mains la couronne des âges,
Sur la terre en effeuille et les ans et les mois.
Il leur donne ses lois comme à tous ses ouvrages,
Et chacun d'eux, fidèle à ses nobles usages,
    Docile, obéit à ses lois.

Bouton à peine éclos d'une plante céleste,
De la grande couronne, un mois s'est détaché :

Il ferme sa corolle à tout souffle funeste.
Mais, voyez comme il s'ouvre, effaçant tout le reste :
　　Un rayon du ciel l'a touché.

Ce mois si plein d'attraits, c'est le mois de Marie,
Le mois que, pour sa mère, un Dieu voulut choisir,
Le mois où tout enfant se recueille, aime et prie,
Et, lorsqu'il voit venir une fête chérie,
　　Sent un indicible plaisir.

Il dit : — Ce mois aussi, c'est le mois de ma mère,
Et pour ma mère encor, Dieu lui donne une fleur.
Ma mère ! elle est si bonne ! et Dieu, c'est un bon père.
Oh ! qu'il écoute donc pour elle ma prière :
　　Car c'est la prière du cœur.

　　Seigneur, toi qui sur la nature
　　Répands des charmes si parfaits,
　　Qui donne au vallon sa verdure,
　　Au lis sa robe blanche et pure,
　　A la rose ses doux attraits,

Donne, donne à ma bonne mère
Des jours de calme et de bonheur ;
Que jamais la tristesse amère
Voile, d'une gaze légère,
La sérénité de son cœur.

Que sur cette terre orageuse,
Conduite par ton œil divin,
Elle marche toujours heureuse
Comme l'étoile voyageuse
Que tu diriges de ta main.

Que toujours, au fond de son âme,
Ta voix murmure un mot d'espoir ;
Qu'un rayon de ta douce flamme,
En glissant sur son cœur de femme,
Vienne la rassurer le soir.

Que sous sa main jamais l'épine
Ne se rencontre avec la fleur ;
Que vers son âme un cœur s'incline

Quand, par ta volonté divine,
Viendra l'effleurer la douleur.

Qu'enfin ta bonté se mesure
Sur le nombre de ses vertus,
Et que ta tendresse l'assure
De puiser à la source pure
Où tu fais boire tes élus.

Voilà quels sont les vœux qu'une enfant pour sa mère
Trouve, naïfs et purs, dans le fond de son cœur :
Et tels sont ceux aussi que dans notre prière
Pour vous, oh ! oui, pour vous, qui nous êtes si chère,
Nous adresserons au Seigneur.

Nous lui dirons : — Mon Dieu, elle est si bonne
Et si tendre pour nous, qui sommes ses enfants :
Oh ! voyez, tant d'amour aujourd'hui l'environne ;
Que votre amour encor lui forme une couronne,
Et tous nos cœurs seront contents.

STANCES

ENVOYÉES A MGR PARISIS

ÉVÊQUE DE LANGRES

Le 1er janvier 1844

A L'OCCASION DE LA MORT DE SA MÈRE

———

Nos cœurs, si riches d'espérance,
Dans leur jeune et tendre fraîcheur,
Comme aux beaux jours de l'innocence,
N'avaient compris que le bonheur.
Ignorants des maux de la terre,
Le bonheur, c'était tous leurs vœux,
Lorsque, priant pour un bon père,
Leur voix pure montait aux cieux.

Mais à notre enfance oublieuse,

Un ange au sombre vêtement,

A la pose silencieuse,

S'est révélé soudainement.

Son auréole était cachée,

Et son front, empreint de douleur,

Reflétait sa sombre pensée

Et les tristesses de son cœur.

Son aile, d'azur nuancée,

Annonçait qu'il venait des cieux,

Et sa main, à demi voilée,

Montrait une coupe à nos yeux.

D'une liqueur suave et sainte

Avec amour il l'emplissait,

Et puis, d'une goutte d'absinthe,

Plein de tristesse, il la mêlait.

— Enfants, a-t-il dit, à votre âge

On n'a goûté que la douceur,

Et vos lèvres n'ont point l'usage

D'une amère et triste liqueur ;

Mais sachez qu'un jour, dans la vie,

Au cœur énergique et pieux,

Le Seigneur, d'une main amie,

Donne à boire un vin généreux.

Et quand, par Dieu réconfortée,

Des fausses douceurs d'ici-bas

L'âme est enfin désenchantée,

Le Seigneur ne l'épargne pas :

Il présente à sa lèvre pure

Un breuvage mêlé de fiel,

En même temps qu'il lui mesure

Sa part des voluptés du ciel.

Voyez-vous, enfants, ce breuvage ?

Oh ! je vais affliger vos cœurs

Et sur votre jeune visage,

Faire ruisseler quelques pleurs :

Il est destiné pour un père,

Pour un père que vous aimez,

A qui vous souhaitiez naguère,

Mille et mille félicités.

Le Seigneur qui frappe et qui blesse,

Qui frappe et blesse avec amour,

Va lui donner, dans sa tendresse,

Cette coupe à boire en ce jour ;

Et son âme sera remplie

D'une inénarrable douleur :

Ah ! que la vôtre recueillie

S'épanche et prie avec ferveur !

Et soudain la liqueur amère

Jusque dans notre âme a coulé ;

Tandis que, d'une aile légère,

L'ange au Très-Haut s'est envolé.

Que nos voix pures et ferventes,

Montent aussi vers toi, Seigneur !

Que, pieuses et suppliantes,
Elles aillent jusqu'à ton cœur !

Sur le cœur affligé d'un père,
Mets le baume de ton amour ;
Accorde, accorde à sa prière
Ce qu'il te demande en ce jour.
A ses pleurs nous mêlons nos larmes,
A sa prière, nos soupirs :
Tes justices font nos alarmes,
Tes promesses font nos désirs.

COMPLIMENT

ADRESSÉ

A UN ÉVÊQUE D'AUTUN

————

Comme le jeune Samuel
Auprès de l'enceinte sacrée,
A mon âme s'est révélée
Une voix qui venait du ciel.

— Viens, dit-elle mystérieuse,
Lis dans le livre du Seigneur.
Là, tu trouveras la saveur
D'une manne délicieuse,

Et prenant le livre divin
Mon regard tout d'abord se fixe
Sur la page d'Apocalypse
Du mystérieux écrivain.

Comme le veut la voix mystique,
Je lis et médite en mon cœur.
Dieu ! que de force et de douceur
Dans tout ce texte prophétique !

Le voici tel que je l'ai lu :
Celui qui tient les sept étoiles
De son autel d'or, et sans voiles,
A dit à l'ange, son élu :

— Oui, je connais vos œuvres saintes,
Et de vos vertus le trésor ;
Et que vos paroles encor
De mon amour restent empreintes.

De la vérité dans vos mains,
J'ai mis le glaive salutaire,

Et quelle erreur peut, sur la terre,
Résister à vos coups divins !

De mon Église, ange fidèle,
De grâces je vous vois orné,
Aux saints combats prédestiné,
Vous priez, vous souffrez pour elle.

Et dans le temple du Seigneur,
Vous serez la ferme colonne ;
Je vous donnerai la couronne
Que je destine à tout vainqueur.

Voilà ce que j'ai lu dans ces pages divines ;
Et j'ai dit : « Quel est-il cet ange aimé du ciel ? »
Et la voix me répond : « Enfant, tu le devines.
« Celui dont la parole est un rayon de miel.

« Celui qui, parmi vous, vient porter l'onction sainte,
« Qui du nom de Jésus fait un baume à vos cœurs,
« De l'arome du ciel parfume cette enceinte
« Après avoir séché du repentir les pleurs.

« Et nous le bénissons cet ange, non d'Éphèse,

« De Smyrne, Philadelphe, ou je ne sais quels lieux.

« Mais l'ange très pieux d'un pieux diocèse

« Qui de sa main nous guide et nous montre les cieux.

« Et nous lui demandons cette faveur suprême

« De vouloir nous donner quelque part à son cœur.

« Quand nous le bénissons, de nous bénir lui-même,

« N'est-il pas de nous tous l'ange et le bon pasteur ? »

COMPLIMENT

ADRESSÉ

A MME SAINT-PHILIPPE DE VACQUIER

Supérieure du Pensionnat des Dames de Saint-Maur, à Montpellier

26 mai 1842.

Enfants, voici le jour de fête,
Préparons nos bouquets de fleurs,
Le blanc jasmin, la violette
Donnent leurs suaves odeurs.
Et nous offrons douce prière
Au Dieu qui nous comble d'amour,
Car il fit le cœur d'une mère,
Comme il fit le rayon du jour.

Que du soir la brise embaumée,

Mêlant ses parfums à nos chants,

A notre mère bien-aimée

Dise l'amour de ses enfants.

Et nous, offrons douce prière

Au Dieu qui nous comble d'amour,

Car il fit le cœur d'une mère,

Comme il fit le rayon du jour.

Tendres fleurs, aux grâces naïves,

Ne lui parlez que de bonheur;

Allez, ne soyez pas craintives,

Son abord est plein de douceur.

Dieu fit votre charme éphémère,

Emblème d'un double avenir,

Comme il fit le cœur d'une mère

Et les rayons de ce beau jour.

CANTATE

A MGR THIBAULT, ÉVÊQUE DE MONTPELLIER

10 juin 1839.

Jour de bonheur, jour de douce allégresse !
Voici venir le béni du Seigneur,
Et de sa lèvre où règne la sagesse
La douce paix règne dans notre cœur.
Qu'un même nœud près de lui nous rassemble,
Que nos transports lui prouvent notre amour.
  Venez, chantons ensemble.
   Oh ! le beau jour !

Tendre pasteur, sur sa brebis chérie,
Il vient verser le baume précieux

Qui la ramène au chemin de la vie

Et, de son doigt, il lui montre les cieux.

Qu'un même nœud près de lui nous rassemble,

De tant de biens payons-le par l'amour.

        Venez, chantons ensemble.

          Oh ! le beau jour !

Dieu de bonté, fidèle à vos promesses,

Qui recevez la prière du cœur,

Sur le pasteur répandez vos largesses,

Sur le troupeau répandez le bonheur.

Qu'un même nœud près de lui nous rassemble,

Que nos transports lui prouvent notre amour.

        Venez, chantons ensemble.

          Oh ! le beau jour.

TABLE

—

Toulon. — Imp. A. Isnard et Cie, boulevard de Strasbourg, 56.

www.ingramcontent.com/pod-product-compliance
Lightning Source LLC
Chambersburg PA
CBHW051550280626
47162CB00021B/1668